दूसरी जंग

दूसरी जंग

रविन्द्र कुमार

प्रभात
प्रकाशन

प्रकाशक
प्रभात प्रकाशन प्रा. लि.
4/19 आसफ अली रोड, नई दिल्ली–110002
फोन : 011–23289777 • हेल्पलाइन नं. : 7827007777
इ–मेल : prabhatbooks@gmail.com ❖ वेब ठिकाना : www.prabhatbooks.com

संस्करण
प्रथम, 2024

पेपरबैक मूल्य
दो सौ रुपए

मुद्रक
आर–टेक ऑफसेट प्रिंटर्स, दिल्ली

DOOSRI JUNG
Poems by Shri Ravindra Kumar

Published by **PRABHAT PRAKASHAN PVT. LTD.**
4/19 Asaf Ali Road, New Delhi-110002

ISBN 978-93-5562-615-8

₹ 200.00 (PB)

वर्तमान समय की
चुनौतियों के विरुद्ध संघर्षरत
भारतीय समाज को
समर्पित

भूमिका

श्री रविन्द्र कुमार के प्रथम कविता-संग्रह 'आंतरिक अंतरिक्ष और स्वप्न-यात्रा' की कविताओं का रसास्वादन एवं कवि की काव्य-प्रतिभा के सौंदर्य एवं सरोकारों का ज्ञान पाठकों को हो चुका है। ये किशोरावस्था और यौवन के संधिकाल की कविताएँ हैं, जब संसार की कुछ सच्चाइयों का ज्ञान होने लगता है और जीवन के साथ जुड़ी पारिवारिक, सामाजिक, राजनीतिक, सांस्कृतिक आदि परिस्थितियों एवं परिवेश में जीना होता है। इस आयु का मन-मस्तिष्क में आस-पास की दुनिया का बिंब बनने लगता है और काव्य-प्रतिभा हो तो शब्दों में उतरने लगता है। ये एक प्रकार से सहज अभिव्यक्तियाँ हैं, बिना किसी खास सरोकार और लक्ष्य के, लेकिन इनमें कोई बनावट या कृत्रिमता नहीं होती और जो मन सोचता है और आत्मा पर असर होता है तो वह कविता बन जाती है। कवि के प्रौढ़ होते जाने पर कविता में दर्शन भी आने लगता है और कविता के सरोकार पैदा होने लगते हैं।

कवि ने 'दूसरी जंग' की भूमिका में लिखा है कि इसकी कविताएँ भी वर्ष 1997 में लिखी गई थीं, जब कवि कक्षा दस का छात्र था, अर्थात् जब आयु 16 वर्ष के आस-पास थी। रविन्द्र कुमार अपनी किशोर-मन की इन कविताओं को क्यों महत्त्व देते हैं, इसे स्पष्ट करते हुए 'भूमिका' में कहते हैं कि इन कविताओं ने उन्हें गढ़ा है और लक्ष्य तक पहुँचाया है। जब ये कविताएँ लिखी गई थीं, तब कवि को निश्चय ही इसकी प्रतीति नहीं रही होगी कि इनमें उनके वर्तमान और भविष्य का सत्य विद्यमान है, लेकिन भारतीय प्रशासनिक सेवा में आने के बाद जब उन्होंने इन्हें पढ़ा होगा, तब उन्हें इन कविताओं के भाव एवं विचार-पक्ष की शक्ति का अनुभव हुआ होगा और

उन्होंने पाया होगा कि वह आज जो कुछ है तथा आज जो कुछ सोचते हैं या करना चाहते हैं, वह इन कविताओं में साफ-साफ सुनाई पड़ता है। यह अद्‌भुत है, पर सत्य भी होता है कि 16 वर्ष की आयु में कवि अपने भविष्य को ही देख रहा था और जिस रास्ते पर उसे जाना था और जो जीवन, समाज एवं देश के महत्त्वपूर्ण सवाल थे, वह उन्हीं में डूबा नजर आ रहा था। जिस व्यक्तित्व की बुनियाद किशोरावस्था में पड़ गई हो, तब उसका बना महल बुनियाद के अनुरूप ही हो सकता था।

इस कविता-संग्रह 'दूसरी जंग' में 23 कविताएँ हैं और कवि के अनुसार इसमें विज्ञान, जंग, गंगा, मानवता, जीवन और उसकी विद्रुपताओं आदि से संबंधित कविताएँ हैं। इस कविता-संग्रह में 'दूसरी जंग' शीर्षक एक कविता है, जिस पर कविता-संग्रह का शीर्षक रखा गया है। यह एक संपूर्ण कविता है और आश्चर्य है कि इतनी गहरी हिंदू मिथकीय एवं पौराणिक अनुभूति कवि ने उस आयु में कैसे की। यह कविता बताती है कि कवि का पालन-पोषण किस परिवेश में हुआ, उसे कैसी शिक्षा मिली तथा किस प्रकार माता-पिता से ऐसा ज्ञान प्राप्त हुआ। इस कविता में राम, कृष्ण, सुदर्शन-चक्र, लक्ष्मण, इंद्र, भीम, भगीरथ आदि देव-पुरुषों की इतनी अनुगूँज है तथा जरासंध, मेघनाद, कुंभकर्ण, वृत्रासुर, वकासुर आदि विध्वसंकारी के विध्वंस का जो उद्‌घोष है, वह प्रलयंकारी होगी और न्याय, सत्य, अहिंसा, प्रेम आदि की विजय होगी। कवि भारतवासियों को उठने-जागने तथा राम-कृष्ण की तरह इन शक्तियों को नष्ट करने के लिए तैयार रहने को कहता है—

जाग जाओ तैयार हो जाओ भारतवासी
तुम में ही राम-कृष्ण-भीम-लक्ष्मण और हैं भगीरथ
जल्द ही शुरू होगी एक दूसरी जंग
पुनः बजनी शुरू होगी
सत्य-अहिंसा-प्रेम की मृदंग।

('दूसरी जंग' कविता से)

कवि इस कविता में राक्षसों के वध के लिए राम को तत्पर पाता है, लेकिन राम 23 वर्षों के बाद भारत में प्रकट हो गए हैं और कवि की

इच्छानुसार आज के मेघनाद, कुंभकर्ण, ताड़का, वृत्रासुर, वकासुर आदि विध्वंसकारी शक्तियों का दमन करने के लिए तैयार हैं। गाँधी के रामराज्य के बाद सत्य, अहिंसा, प्रेम तथा न्याय का रामराज्य भारत के द्वार पर आने की थपथपी दे रहा है। यह कविता भविष्य दृष्टा कवि की कविता है, यह राम के प्रति आस्था की कविता है और यह देश को सत्य-अहिंसा-प्रेम एवं न्यायपूर्ण भारत की रचना की चिंता की कविता है। इसी संदर्भ में 'गाँधी' कविता दर्शनीय है। कवि गाँधी के व्यक्तित्व एवं कृतित्व का गुणगान करता है। गाँधी ने 'गोरे रावण' को सत्य-अहिंसा से भगा दिया। हिंसा की अहिंसा से पराजित किया, विश्व सम्राट को 'भारत की आत्मा' ने हरा दिया और करोड़ों के प्रेरणा-स्रोत बने। कवि आइंस्टीन के मत के संदर्भ में लिखता है—

सुनकर कहा आइंस्टीन ने
यह है एक विश्वास की आँधी
अग्रिम दशकों में विश्वास न करेगा जग
कोई हुए थे भारत में गाँधी।

('गाँधी' कविता से)

कवि 'गंगा' कविता में गंगा को संबोधित करता है और अपनी पवित्रता तथा सदानीरा रूप की रक्षा के लिए जल को प्रदूषित करते वाली पापात्माओं को खत्म करने का आह्वान करता है। कवि प्रकृति प्रेमी है, संस्कृति प्रेमी भी है और गंगा प्रेमी भी है। गंगा का पवित्र रूप सुरक्षित रहना चाहिए। हाल ही में कवि द्वारा एवरेस्ट की चोटी पर गंगाजल अर्पण कर 'जल बचाओ' की अपील करना उनके इस गहरे प्रेम को दरशाता है। कवि विज्ञान और आत्मा में आत्मा को चुनता है। वर्षा से जीव-जंतुओं की व्यास बुझाने की प्रार्थना करता है, बुद्धिवाद को नियंत्रित करना चाहता है, साहित्य को 'स्व और सेक्स' से मुक्त करना चाहता है, कवि 'इंडिया' नहीं 'हिंदुस्तान' चाहता है और एक नई मानवता के उदय की कामना करता है।

रविन्द्र कुमार का यह कविता-संसार व्यापक है, बहुरूपात्मक है, लेकिन उसका केंद्र भारत देश और उसकी भारतीयता है। उसकी भारतीयता में राम-कृष्ण हैं, गंगा है, प्रकृति है, मानवता है और जीवन के लिए कष्टकारी

एवं दमनकारी समस्याओं के ध्वंस की कटिबद्धता है। भारत महान होगा तो भारतीय आदर्शों से और वह तभी 'इंडिया' नहीं 'हिंदुस्तान' हो सकेगा। किशोर मन की ये कविताएँ हमें मोहित ही नहीं चमत्कृत भी करती हैं कि कवि इतनी अल्पायु में भारत एवं मानवता का इतना व्यापक संसार अपनी आत्मा में समाए हुआ था। कवि भौतिक जीवन की सुख-सुविधाओं की नहीं भारतीय आत्मा की बात कहता है और राष्ट्र को बदलने के लिए गाँधी के सत्य, अहिंसा, न्याय आदि के मार्ग पर चलना चाहता है। कवि का चित्त एवं चिंतन और उसकी आत्माभिव्यक्ति भारत के मंगल के लिए है—"मंगल भवन अमंगल हारी"—यह भारतीय आत्मा का शाश्वत सत्य है और हमारे इस किशोर कवि की कविताओं का भी। कवि ने इन कविताओं को अपने जीवन की बुनियाद कहा है तो हम समझ सकते हैं कि कवि आज भी उसी बुनियाद पर ही अपने कर्म-महल का निर्माण कर रहे हैं और भविष्य में भी इसी सुपथ पर चलते रहेंगे।

मैं 'दूसरी जंग' कविता-संग्रह के लिए श्री रविन्द्र कुमार को बधाई देता हूँ। जीवन एक जंग है और प्रशासनिक अधिकारी के लिए तो रोज ही जंग होती है और नीर-क्षीर-विवेक से इस जंग को जीतना होता है। सत्य मार्ग के पथिकों का मार्ग कंटकों से भरा होता है, काँटे कभी गहरे चुभते भी हैं और आहत भी करते हैं, परंतु सत्यमार्गी अपना मार्ग नहीं छोड़ता और यदि वह लोक-जीवन के मंगल का मार्ग है तो उसकी सत्यनिष्ठा और भी सबल हो जाती है। मेरी ईश्वर से प्रार्थना है कि कवि के जीवन में ऐसा ही हो।

—कमल किशोर गोयनका

ए-98, अशोक विहार

फेज प्रथम, दिल्ली-110052

कवि संवेदना का अनूठा राग

'हे मेरी स्मृति के आलोक!
पृथक कर दे मुझे
इस मायावी संसार से
खींच ले माया मेरी काया से
जब्त कर ले गुलाबी-सौरभ
और पाट दे जीवन-बाग को
उसी कँटीली नागफनी से
जो बागों में नहीं
सुदूर रेगिस्तानों में उगती है...

('सद्कविता' से)

यह स्पृहा कवि श्री रविन्द्र कुमार की जीवन-स्पृहा है। उसकी इच्छाओं का एक सीमित परिधान। आकांक्षाओं की पोटली में एक छोटा सा घुँघरू जिसकी झनक से ही अपने जीवन को धन्य बना लें।

कवि रविन्द्र कुमार अपनी मन की पड़ताल बड़ी गहराई से करते हैं और उन सभी छिद्रों को बंद कर देना चाहते हैं, जिनसे होकर आदिम आकांक्षाएँ उसे पथ-भ्रष्ट कर सकती हैं। ये कवि संवेदना का अनूठा राग है। आकांक्षाओं के प्रभाव की एक सतत् स्वीकृति। कहाँ से जन्मेगा भौतिक राग? उन्हें इस सत्य का ज्ञान है और तभी वे काया से माया खींच लेने की बात कहते हैं।

कवि रविन्द्र सच्ची अनुभूतियों के कवि हैं, उनमें स्वयं को अथवा समाज को भ्रमित करने का शब्दाडंबर नहीं है। जो कहा एकदम सच कहा। कल्पनाशील मन की यथार्थ अभिव्यक्ति ही कवि का अभिप्रेत है। निष्कलुष

मन में जो भाव उभरे, उन्हें ही कवि ने सार्थक सुरम्य यथार्थ के रूप में कह दिया। यथा—

"रुपए के सहारे चलता
आज का जनजीवन
रुपए की आधारशिला पर
सुख की इमारतों की नींव"

('रुपए पर टिका जीवन' कविता से)

इस प्रकार, आधुनिक जीवन-यथार्थ का सटीक आकलन करना कवि की मौलिकता का पर्याय माना जा सकता है, क्योंकि कवि यह सब अपनी खुली आँखों से देखकर अनुभूत कर रहा है और स्पष्ट शब्दों में कहता है—"एकमात्र रुपया रंगबाजों का शहंशाह'।

ऐसी विभिन्न सार्थक शाब्दिक टिप्पणियों से लदी उनकी कविताओं का यह संग्रह हमारे समक्ष एक वृहत् आत्मिक आलोक उत्पन्न करता है, जिसमें कवि के साथ हम और हमारा समाज विभिन्न मुद्राओं में भटकते दिखाई देते हैं।

कवि कहता है—

"कब तक इस खोखली हँसी और मुस्कराहट
के खोले में अपने गम को बंद करके रखोगे?
कब तक मन की असहाय असीम वेदनाओं को
गमों की चादर ओढ़ाकर-छुपाकर रखोगे?"

('गीला आँचल' कविता से)

कवि एक भविष्य-दृष्टा की भांति हमारे मानस-बिंबों में प्रवेश करता है, जब वह एक दूसरी जंग की ओर इंगित करता है। वह जंग कोई और नहीं समस्याएँ और समाधानों की जंग है। उसका कथन है—

भारत के ऐतिहासिक पृष्ठों में
जुड़ेगा एक नया अध्याय
जब होगी इक्कीसवीं शताब्दी की
दूसरी जंग

और तब उदित होगा न्याय
एक तरफ समस्याएँ होंगी
दूसरी तरफ समाधान के लिए संघर्ष

('दूसरी जंग' कविता से)

कवि की यह भाव-दृष्टि कई संचेतक ज्ञान-मुद्राओं को जन्म देने की क्षमता रखती है। बूढ़ी आँखों के अनुभवजन्य आलाप की तरह इनमें एक गूढ़ सार छिपा हुआ है। भारतीयता की श्रीवृद्धि की कामना कवि-हृदय की सात्विक परछाई लिये उपस्थित है।

संग्रह की एक सुंदर कविता है 'वर्षा', इसमें कवि के मन की निश्छल अभिव्यक्ति मोहित करने वाली है—

हे वर्षा क्यों रूठी हो?
वसुधा के पास आओ जरा!

× × ×

आज आकर बरसकर
इसकी प्यास बुझाओ जरा!

कवि का समाज-चित्रण अद्भुत है। मानव-जीवन को अपनी दो-टूक शब्दावली में वर्णित करना भी कवि की शैली का अनुपम उदाहरण है—

अब तो मन में हलचलें दौड़ती हैं
नयनों में बेचैनी दौड़ती है
दिन-रात बुद्धिवाद से प्रताड़ित
गलियाँ, सवारी और सड़कें दौड़ती हैं,

('भूल गया' कविता से)

और कवि जब 'न जाने किस गली में आ गया आज' कहता है तो पाठकीय संवेदना को विभिन्न अनुभूतियों से जगमगा देता है—

जीवन में सुंदर सपना था
सबकुछ तो मेरा अपना था

× × ×

मेरी जिंदगी में भी है एक ताज
न जाने किस गली में आ गया आज।

('न जाने किस गली में आ गया आज' कविता से)

कवि जीवन को एक दौड़ की भाँति देखता है, जहाँ प्रत्येक मनुष्य विभिन्न दिशाओं से एक ही लक्ष्य की ओर दौड़ लगा रहे हैं। यह किसी ध्रुव प्रदेश की ओर दौड़ने के समान है। स्वार्थ और केवल स्वार्थ की अनचीन्ही अप्राप्त दौड़—

इस ध्रुवीय दौड़ में
ध्रुवों की तरफ दौड़ते जन
जिस माटी पर जन्म लिये
पले-बढ़े और पुष्पित हुए
वही पतंगे अब उड़ रहे अंबर की ओर
ऊँचाइयाँ प्राप्त करने
अपना सौरभ
बटोरने और बिखेरने

('ध्रुवीय दौड़' कविता से)

इस प्रकार कवि की ये भाव-संवेदनाएँ जीवन के कई कोणों को छूती हुई खेत में खड़ी फसल की तरफ हमारे मन को लुभाकर बंजारा बनाने में सक्षम हैं। हमारी सोच की उड़न तश्तरी इन कविताओं के साथ जहाँ-जहाँ भी गई, वहीं-वहीं हमने मानव और मानव सभ्यताओं की जंग होती देखी। कवि के मानस की सुंदर सृष्टि के रूप में ये कविताएँ सार्थक उत्पत्ति हैं। काव्य-कौशल से रहित होने पर भी इनमें जो चिंतन है, वह व्यामोहित करता है। सरल-संक्षिप्त विचार-बिंदु पर टिकीं समस्त कविताएँ कविता के एक नए रूप का आगाज करती हैं और कवि प्रतिभा का पूर्ण परिचय देती हैं।

प्रस्तुत कविता-संग्रह हेतु कवि रविन्द्र कुमार को हार्दिक शुभकामनाएँ एवं बधाई!

—डॉ. अनूप सिंह
बुलंदशहर (उ.प्र.)

आत्म-कथन

अपने प्रथम कविता-संग्रह 'आंतरिक अंतरिक्ष और स्वप्न यात्रा' 'आंतरिक ललक', 'इक्कीसवीं सीढ़ी दृष्टि', 'अँखियन देखी' के प्रकाशन के उपरांत सातवाँ कविता-संग्रह 'दूसरी जंग' को आपके समक्ष प्रस्तुत करते हुए मुझे अत्यंत प्रसन्नता हो रही है। इस संग्रह की कविताएँ भी मैंने कक्षा-दशम के छात्र-जीवन के दौरान वर्ष 1997 में लिखी थीं। उन दिनों मैं जवाहर नवोदय विद्यालय, जनपद बेगूसराय का विद्यार्थी था। तत्समय इन कविताओं को मैंने 'फड़फड़ाते पंख' के नाम से अपनी नोटबुक में संग्रहीत किया था।

जब अतीत के गवाक्ष से झाँकता हूँ तो अपने किशोर-कवि के अंतस से निःसृत हुई इन कविताओं में कभी प्रार्थना के स्वर अनुभूत करता हूँ तो कभी जीवन-जगत की चुनौतियों का सामना करने का सद्संकल्प पाता हूँ और मेरी काव्य-चेतना निम्न पंक्तियों में अभिव्यक्त होती है—

हे मेरी स्मृति के आलोक!
पृथक कर दे मुझे
इस मायावी संसार से
खींच ले माया मेरी काया से
जब्त कर ले गुलाबी-सौरभ
और पाट दे जीवन-बाग को
उसी कँटीली नागफनी से
जो बाग में नहीं
सुदूर रेगिस्तानों में उगती है

और जिनके शोले में तिरोहित पुष्प
रेगिस्तानी काफिले को क्षण भर में
नाचती मरीचिका से बाहर कर सके।

(इसी संग्रह से)

इस संग्रह की कविताओं में जहाँ मेरी लेखनी ने विज्ञान, जंग और गंगा जैसे विषय सम्मिलित किए हैं तो वहीं 'गाँधी' कविता में कर्मपथ के अथक यात्री गाँधी के प्रति मेरे छात्र-जीवन की अंतस की आस्था एवं विश्वास उद्घाटित हुए हैं। 'दो काँच की मछलियों का प्राण मिलन' कविता शीत-युद्ध के बाद सोवियत-संघ के विखंडन के पश्चात् बने नए देश का अमेरिका से नए बदलते हुए संबंध की ओर इंगित करती है। 'ध्रुवीय दौड़' कविता का कथ्य निष्ठा के स्खलन का अंकन करती है। 'मानव और आयुध' कविता में हथियारों की बढ़ती लालसा के दुष्परिणाम की ओर स्पष्ट संकेत किया गया है। 'दो नावों पर जिंदगी' कविता लक्ष्य से भटकाव के असमंजस को रेखांकित करती है। इस संकलन की कविताओं का भाव-लोक जीवन और जगत की विद्रपताओं से पाठक वर्ग को अवगत कराते हुए लक्ष्य प्राप्ति के शिखर तक पहुँचने का स्पष्ट आह्वान करती है।

मैं वरिष्ठ साहित्यकार आदरणीय श्री कमल किशोर गोयनका जी का हार्दिक आभार ज्ञापित करता हूँ, जिन्होंने मुझे न केवल इन कविताओं के प्रकाशन के लिए प्रेरित किया, अपितु इस पुस्तक की भूमिका लिखना भी स्वीकार किया। साथ ही, उन सभी लोगों, जिनका इन कविताओं को मेरे छात्र-जीवन की नोटबुक से पुस्तक का वर्तमान स्वरूप प्रदान करने की प्रकाशन प्रक्रिया में किसी-न-किसी स्तर पर योगदान रहा है, के प्रति भी हार्दिक आभार व्यक्त करता हूँ।

कविताओं पर प्रतिक्रियाओं एवं संस्तुतियों की प्रतीक्षा में साहित्य के समस्त सुधी पाठकगणों को सद्भाव सहित।

—रविन्द्र कुमार
बरेली (उ.प्र.)

अनुक्रम

सद्कविता

हे मेरी स्मृति के आलोक!
पृथक कर दे मुझे
इस मायावी संसार से
खींच ले माया मेरी काया से
जब्त कर ले गुलाबी–सौरभ
और पाट दे जीवन–बाग को
उसी कँटीली नागफनी से
जो बागों में नहीं
सुदूर रेगिस्तानों में उगती है
और जिसके शोले में तिरोहित पुष्प
रेगिस्तानी काफिले को क्षण भर में
नाचती मरीचिका से बाहर कर सके।

□

दो नंबर का साहित्य

पत्रिकाओं की इस दुकान में
सजी विभिन्न सादी-रंगीन पत्रिकाओं को
निरख मेरे भी पाँव चल दिए उनकी तरफ
जब देखा नजदीक से
एक कोने में भरा था केवल भावनाविहीन साहित्य

मैंने कहा दुकानदार से—
'भाई, कोई साहित्य की पत्रिका है ?'
'हाँ भाई, लीजिए न साहित्य ही साहित्य है'
मेरे आगे रख दिया उसने
उन्हीं भावनाविहीनों का एक बंडल
कहा मैंने—'क्या केवल यही साहित्य है ?'

जवाब में सामने रख दिए उसने
दो बंडल और
जो भावना शून्य ही थे
जिनकी ऊपरी सतह ही रंगीन थी
रंगीनी की दुनिया के बादशाहों से भरी थी

मैं किंकर्तव्यविमूढ़ हो उठा
अकस्मात् जोर से हँसी निकली
मेरे मुख से बड़ी उपहास भरी—
'भाई ये तो आजकल एक नंबर का साहित्य है
मुझे दो नंबर का साहित्य चाहिए
जिसकी दशा आज है एकदम दुःख भरी'

'कैसा साहित्य होता है दो नंबर का
पत्रिका लेनी है या बातें बनानी हैं'
झुँझलाहट से भरे ये शब्द निकले उसके मुँह से
'लेना है भाई, लेकिन वो हिंदी-साहित्य
जिसकी स्थिति पर आँसू आ जाते हैं'

'ओह! पहले क्यों नही बोले भाई!'
एक पतली सी पत्रिका निकालते हुए 'लीजिए'
दो ही मँगवाई थी, जिसमें एक बची है
आपके जैसे विरले ही मिलते हैं

'दो नंबर का साहित्य' कितना सही है आपका कथन
मैंने देखा उसकी आँखों में छिपा तरल भाव
"बस, इसका एक ही पीस है"

"ओह! क्या करूँ भाई, मैं तो दुकानदार हूँ
जो अधिक बिकता है वही मँगवाता हूँ

जो बिकता नहीं उसके एक से दो पीस
आजकल तो एक नंबर का साहित्य
छाया हुआ है लोगों के मस्तक पर
'स्व' और 'सेक्स' से चिपका हुआ
तभी तो देश का दो नंबर का राष्ट्रीय साहित्य
मिलता है विशेष दस्तक पर।

□

गीला आँचल

कब तक इस खोखली हँसी और मुस्कराहट,
के खोले में अपने गम को बंद करके रखोगे?
कब तक मन की असहाय असीम वेदनाओं को
गमों की चादर ओढ़ाकर-छुपाकर रखोगे?

तुम्हारे ये विस्फोटक बारूद
बिना विस्फोट के
मोम की भाँति पिघल रहे हैं,
कब तक होने दोगे?
तुम्हारे अधरों के अंतरीप को
आशाएँ छोड़ चुकी हैं
निराशाओं का तूफान
इसे चपेट में ले चुका है
कब तक देखोगे?

क्या करोगे तुम
जब ये दबे गम
तुम्हारी खोखली हँसी व मुस्कराहट के सहारे
सज-धजकर दूल्हे बन जाएँगे
फिर वे तुम्हारे नयन के तोरण-द्वार पर
असंख्य आँसुओं की बारात लेकर आ जाएँगे।

तब हृदय-घर में चादर ओढ़ाकर
छुपाए वेदना-दुल्हन को
तुम्हें स्वरों के मंडप में लाना ही होगा,
जीवन की संकोची पीड़ाओं, व्यथाओं,
दर्द, दुःख, निराशा, मनहूसी, चीत्कार,
चिल्लाहटों को स्वागतार्थ रखना ही होगा।

बहा ले आँसू सिर पर पड़े भाग्य-मुकुट पर,
जिसे जीवन, विवाह के अवसर पर तूने धारण किया है,
पर हँसता रह कम-से-कम
अपने खोखले कंठ से
मत व्यक्त कर पीड़ा किसी को,
जान ले खुश हो ले क्षण भर
कि एक माँ मातृभूमि ने
गीले आँचल तले तेरा पालन किया है।

□

दो काँच की मछलियों का प्राण-मिलन

ये दोनों अलग-अलग काँच में-
बंद मछलियाँ
काफी फासला लिये हुए
वो काँच-एक दीवार
यों कहे कि सही में एक मोटी दीवार
भावनाओं की दीवार
रहन-सहन, शासन की दीवार

दो ध्रुवों पर खड़ी सिंह प्रजाति—
परंतु एक तरफ काँच की मछलियों का
दुर्भाग्य या सौभाग्य कि खंड-विखंड हो गया काँच
टूट गई दीवारें-हर तरह की
बिखर गईं मछलियाँ-नजदीकी बढ़ी
बंद हो गई गर्जना सिंह की एक ध्रुव से।

परंतु दूसरे काँच की मछलियों—
दुर्भाग्य कहें या सौभाग्य—
कि जुड़ा हुआ काँच भी टूटा सा लगा
हृदय से,
बाहर आ गई दूसरे काँच की मछलियाँ भी
हृदय से भावनाओं से

समा गए एक-दूसरे में जल उसके
जैसे नजरें मिलीं हो एक-दूसरे से
आते गए नजदीक, और नजदीक

और अब देखिए—
कुछ नौजवान मछलियों में तो प्राण-मिलन भी
शुरू हो गया—खुलेआम, सबके समक्ष
मिल गए कर, मिल गए हृदय भी
मिल जाएँ अगर तन और मन
हो जाएँ एक-दोनों सच में
तो कितना अच्छा होगा।

और अगर
मिल जाएँ सब मछलियाँ इसी तरह
तोड़कर काँच की दीवार
आ जाएँ एक आँगन में, प्राँगण में
तो सचमुच
एक नई मानवता उदित होगी
और दो काँच की नहीं
एक काँच की
तब खुले प्राँगण की मछलियों का
प्राण-मिलन होगा।

□

प्यार के गीत

दुश्मनों की बंदूकों से हताहत हुए वे सीमा रक्षक
दे देते हैं प्राण धरा की मर्यादा की रक्षा हेतु
रौंदे जाते वह जमीन और उनके शव पैरों से
कलप उठती आत्मा उन वीर जवानों की मातृभूमि हेतु

पर जब भी फिरते पाँव दुश्मनों के वहाँ से उठते
पोंछते, समेटते सारे कलंक कालिमा वहाँ से
रौंदे, सूखे तृण-तृण लहलहा उठते,
धरती पर आ जाता वसंत,
छिड़ जाता अनुपम संगीत,
तब पथराए प्राणों में भी
छा जाती खुशहाली
नाचते-गाते
उनकी प्राण-वायु भी गाने लगती प्यार के गीत

जब प्रेम-स्वतंत्रता के आशिक
आशिकी पर दे देते प्राण,
इस प्रेम-स्वतंत्रता को पाने हेतु
दफना दिए जाते जिंदा कब्र में
जला दिए जाते अधमरे,
श्मशान में सजा हेतु

सिसकती रहती आत्माएँ
कब्रिस्तान व श्मशान में
वर्षों तक शताब्दियों तक,
उस अँधेरे में
पूछता नहीं जग उन्हें,
ढीठ सबसे चूर रहते गुमान में

पर जब सब सिसकन मिलकर
चीत्कार से गर्जना करतीं
पिघलातीं ढीठ हृदय को
मोम की तरह,
फेंक देती उन्हें
सब मिलकर नव पुरानी आत्माएँ
प्रेम, स्वतंत्रता की स्थापना करतीं

तब एक बार फिर
सब सिसकन रूप बदल
बन जाती जीवन-गीत,
श्मशान व कब्रिस्तान सब में आ जाता वसंत
गाने लगते मुर्दे उठकर
एक बार फिर प्यार के गीत।

□

गीत बदलो

यह सबकुछ विभिन्न धुनों पर
गाए हुए हैं एक ही गीत
परिवर्तन–प्रगति तो तब कहलाएगा
जब बदल दोगे पूरा संगीत व गीत
समय के अनर्थक व फूहड़पन से
आज तुम बाहर निकलोगे
बने हो यदि पवित्र–पथ के पथिक
तो आज तुम गीत बदलो।

बदल दो सारे साज और वाद
जरूरत हो तो बदल दो
इसको बजाने वाले को
दुनिया का ढंग बदलने को
बदल दो आधुनिकता को अपनाने वाले को।

मानव हो मित्र!
बस इसी हेतु
थोड़ी सी मानवता सीख लो
सार्थक व घनात्मक बिंदुओं के अस्तित्व के हित
तुम सब अपना गीत बदलो

इन चीखों–चिल्लाहटों–कर्कशताओं
गलाफाड़ धुनों को हटाकर
तुम सदा, सौम्यता, कोमलता के साज पर
दिखा दो जग–संगीत बजाकर
इस नंगेपन व गंदगी कूड़े को
फेंककर तुम अपनी प्रीत बदलो
थामने को प्रकृति के वसंत का हाथ
आज तुम अपना 'गीत बदलो'।

इस बदल चुके जग को बदलने को
'भारतवासी' की तरह तन नहीं मन जीत लो
शांति से चीत्कारी परिवर्तन हेतु,
आज तुम सब समूचा गीत–संगीत बदलो।

□

अबला

उनसे पूछो क्या होती है
सिंदूर रहित माँग
और प्राण रहित उमंग
क्या महत्त्व रखती थी
वे हाथ की चूड़ियाँ
कैसी दिखाई दे रहीं
अब आँसुओं से भरी अँखियाँ
पूछो कैसी लगती है उन्हें आज।

गोद भरी पापा की पुकार
उन प्राण छोड़ते-दृश्यों की चीत्कार
क्यों भटकती आज दर-दर
आँचल तले छिपाते, पुतले के वास्ते
क्यों नहीं आ जाती मौत
आज उनके जीवन के रास्ते।

पूछ लो तुम आज उनसे
जिनकी कोई नहीं हैं सुनने वाला
उन आँसुओं की बाढ़ को रोकने वाला
देखकर अपने पुत्र की सूरत
होंठ चूम, भूत भगाने की कोशिश करने वाला

कठोर हृदय जब विदीर्ण होने लगता
गीले आँचल से उसे ढकने वाला
हाय अबला! सुबकता हुआ मुर्दा!!

तापरहित जलती ज्वाला
द्रवरहित यह सूखा प्याला
सदियों से सुनता आ रहा
तुम्हारी यह हृदय-विदारक कथा
तुम्हारी नींद की नदियों में भी तो
बहती रहती केवल व्यथा।

आज बता दे अबला क्यों होती है?
पत्थरों का भी घाव हरा
फूलरहित बाग-बगिया सिर्फ काँटों भरी
खुशबू की जगह आँसू झरा

हे अबला! तेरे आँसुओं से है विनती मेरी
न हो अब वो प्रकट न करें दुःख की पुकार
करें एक प्रतिज्ञा प्राणनाथ की तरह
बनाएँ तुम्हें खुद प्राणनाथ।

☐

गंगा

प्रकृति की गोद में बहने वाली तुम!
सदानीरा कहलाने वाली तुम!
पवित्रता की मानी जाती पर्याय तुम!
फिर क्यों सहती आ रही हो अन्याय तुम?

अरी गंगे!
अतीत से बहती आ रही हो
वर्तमान में भी बह रही हो
और भविष्य में भी बहनेवाली तुम!
फिर क्यों सहती हो अनाचार तुम?

तुम्हारी आयु तो हजारों साल है
चिरकाल से तुम्हारी यही चाल है
तुमने समय-समय पर भारत की स्थिति देखी है
और पवित्रता की लंबी रेखा खींची है
अरी पवित्र गंगे!
लोगों की गंदगी धोने वाली तुम!
तुमने तो भारतवासियों का सदा मान बढ़ाया है
हिंद की माटी को अमृत जल चढ़ाया है
पर आज तुम्हारा अमृत क्यों विष बन रहा है
प्रदूषण-ही-प्रदूषण हड्डियों से छन रहा है

बोल गंगे!
आज क्या तुम्हारा साहस खो गया है
या शौर्य ही सो गया है
उफनता यौवन बीत चुका है ?
हड्डियाँ कमजोर हो चुकी हैं ?

नहीं गंगे!
अब तुम्हें उठना होगा
अपने बुढ़ापा को पटकना होगा
क्यों सोचती हो कि तुम ऐसा कर नहीं सकतीं
इस भयंकर दबाव से निकल नहीं सकतीं
शायद उस भगीरथ की कमजोरी थी
या भारतीय संस्कृति की बरजोरी थी
तुमने कभी कठोर हृदय नहीं ग्रहण किया
दया-क्षमा के साथ दब्बूपन का वस्त्र वरण किया

तभी हे गंगा!
तुम्हारी भावना में कायरता आ गई
व्यवहार में मृदुलता भा गई,
बरसात में अपना कलेजा फैलाया
जाड़े में अपनी सतह से चिपक गईं
लोगों ने इसका फ़ायदा उठाया
गंदी नालियों को तुममें मिलाया
स्वतंत्र भुजाओं पर पुल बाँध दिया
और मशीन से छाती को रौंद दिया

और गंगे!
तुमने भारतीयों का परोपकार किया

तुम्हारा देवताओं ने भी श्रृंगार किया
कवियों, लेखकों ने तुम्हारा सम्मान किया
सदियों से भारतीयों ने गुणगान किया

परंतु गंगे!
तुमने कभी अपना बल नहीं दिखाया
इसलिए तो सबने तुम्हें दबाया
अभी वक्त है झटको अपने सिर को
रगड़-रगड़ साफ करो गंदगी को
स्वतंत्र कर लो अपनी विशाल भुजाएँ
खत्म कर दो सब पापात्माएँ

अब तो!
तुम इस जाड़े के साम्राज्य से भी
अपने दब्बूपन को हटा दो
अपने भुजबल का प्रयोग कर
बरसात की तरह अपना सीना फैला दो
अपने में समाए पापों को जला दो
फिर एक बार पवित्र गंगा कहला दो
अपने विरोधियों को नंगा कर बन जाओ वही गंगा
जय गंगे! जय गंगे!! जय गंगे!!!

□

विज्ञान

विज्ञान ने अपना सिर उठाया
प्रकृति को ही धमकाया
हृदयमयी भावना को छोड़कर
बुद्धि-विजय की पताका लहराई
यह बढ़ता विज्ञान का प्रकोप
स्व के जटिल मायाजाल से
खुद मानव भी चकरा जाता है।

अब तो रिश्ते-नाते सब फीके हैं
मनुष्य सब से टूटता चला गया
पर खुद उठने की आकांक्षा से
स्वप्न को भी छोड़ता चला गया
प्रेम, तपस्या, मीठी बात और धर्म
सब झूठे सब बेकार हैं
आज मानव की दुर्गति हेतु
विज्ञान ही जिम्मेदार है।

क्योंकि शांति रहित विकास से
मनुष्य कब संतुष्ट हो पाएगा
कितना भी बढ़ जाए आगे
और-ओर का रट लगाएगा।

एक तरफ विज्ञान-ज्ञान से यात्रा
दूसरी तरफ आत्मा से दूर हटता गया मानव
ज्यों-ज्यों आगे और आगे चला गया
बैचेनी बढ़ती गई

भूख बढ़ती गई
कहते हैं लोग आज
यह विज्ञान महान है
मैं तो कहता महानता समेटे
यह विज्ञान भावना विहीन निष्प्राण है।

□

वर्षा

हे वर्षा, क्यों रूठी हो?
वसुधा के पास आओ जरा!
आज तुम इस पर बरस जाओ जरा
चिरकाल से बाट जोह रही
आँचल फैलाये बूँद लेने को धरती
आज आकर, बरसकर
इसकी प्यास बुझाओ, जरा!

हे वर्षा! क्यों गुमसुम हो?
आज अपनी पायल बजाओ जरा
धरा को तुम एक गीत सुनाओ जरा!
इस धरती ने तुम्हारा
क्या बिगाड़ा है अब तक
यह तो तुम्हारी सच्ची शुभचिंतक है
इसके दुःखों का पहाड़ हटाओ जरा।
हे वर्षा! क्यों छिपी हो ऊपर?
आज नीचे आ जाओ जरा
इन बे-सहारों को जीवन का सहारा दिलाओ जरा!
मैं मानता कि मनुष्य ने रुलाया है तुम्हें
खुदवाकर पोखर, तालाब, नदी, नहरें
चलाकर मशीनें चापाकल नहीं पूछा तुम्हें

परंतु इन तड़फते पादपों को दिलासा दिलाओ जरा!

हे वर्षा! तुम तो संवेदनशील हो
निर्जल वायु को भी नम कराओ जरा
उदास निराश पंछियों की चोंच भिगोओ जरा!
तुमसे मौत का खेल खेलते
ये मनुष्य तो मौज-मस्ती से जी रहे
पर भय से भयभीत छुपे उन
हिरण-हिरणियों की प्रेम-पिपासा बुझाओ, जरा!

हे वर्षा! तुम तो समझदार बुद्धिमती हो
आज एक बार अपने घुँघरू बजाओ जरा!
जरा आखें नीचे की ओर कर, आँख से आँख मिलाओ जरा!
आज इन जीवों पर दयाकर
मेरी इस करबद्ध प्रार्थना को सुनकर
प्राण छोड़ती वसुंधरा और जीव-जगत के हित
आज तुम बरस जाओ जरा!

□

गाँधी

जिनके प्रखर व्यक्तित्व के आगे
ठहर न पाई थी गुलामी
कैसे आज उन्हें भूलती जा रही
उनकी ही संतान आगामी।

उनकी प्रबल प्रभावी वाणी से
झुक जाते बड़े-बड़े चरित्र
कैसा देख रहे भारतवासी
कूड़ेदान में पड़ा टूटा-फूटा उनका चित्र॥

जिन्होंने कर्मपथ का विस्तार कर
सातों समुद्र लाँघे
भगा दिए अकेले उसने गोरे रावण
जग जानता जिन्हें नाम से गाँधी

जिन्होंने सत्य-अहिंसा का
पाठ पढ़ाया संसार को
पर जन्मभूमि ही खोती जा रही
उनके इस विचार को।

काले-घनेरे, तूफानों से जूझा

बिना नैया और पतवार का माँझी
इच्छा-शक्ति का करा एहसास सबको
स्वर्ग में सिधारे गाँधी।

जिनके एक-एक शब्द पर
करोड़ों जन प्राण हथेली पर रख लेते
और प्रेरणा से निडर बन
गोलियों तोपों की बौछारें सह लेते।

सशस्त्र गोरे शरमा जाते
बेकार हो जाता उनका आग्नेयास्त्र
बढ़ जाते जब ये लाठी ठुकठुकाते
लेकर सत्य अहिंसा का शस्त्र।।

एक धोती लकड़ी मानिंद तन पर
सह जाते जनवरी की ठंड
एक के लिए चालीस करोड़ कुरते की माँग
वही थे हमारे गाँधी।

आजादी के लिए खून बहाती
निकल पड़ी थी भारत की आत्मा
हरा दिया विश्व सम्राट को
ऐसे थे हमारे गाँधी महात्मा।

जग सुनकर आश्चर्य करता
भारत की आजादी की बात
विश्वास नहीं होता था किसी को
जब खबर फैली थी रातोरात

सुनकर कहा आइंस्टीन ने
यह है एक विश्वास की आँधी
अग्रिम दशकों में विश्वास न करेगा जग
कोई हुए थे भारत में गाँधी॥

□

दूसरी जंग

भारत के ऐतिहासिक पृष्ठों में
जुड़ेगा एक नया अध्याय
जब होगी इक्कीसवीं शताब्दी की
दूसरी जंग और तब उदित होगा न्याय

एक तरफ समस्याएँ होंगी
दूसरी तरफ समाधान के लिए संघर्ष
उखाड़ फेंकेगे भारतवासी उन समस्याओं को
तब होगा विकास का मार्ग प्रशस्त।

एक तरफ गरीबी, भुखमरी और बेरोजगारी होगी
दूसरी तरफ राणा–शिवाजी–सुभाष का कहर प्रलयंकारी होगा
एक तरफ जमाखोरी, कालाबाजारी और जनसंहार
दूसरी तरफ अशोक–बुद्ध–महावीर के भी चरित्र का होगा निखार

जब एक तरफ से होगा अणु–परमाणु बम का धमाका
दूसरी तरफ लहर लहराएगी श्री राम–कृष्ण की पताका
जब एक ओर से बाह्यशक्ति जरासंध की भृकुटि वक्र होगी
दूसरी ओर भी नए श्रीकृष्ण के सुदर्शन चक्र की आमद होगी

जब चलेगा एक बार फिर लक्ष्मण का बाण

तब पहुँचेगा आकाश पर छाया मेघनाद स्वर्गधाम
जो कुंभकर्ण जिंदा आज भारत पर सवार है
उसके लिए भी भारतीय राम आज तैयार है
यदि ताड़का वृत्रासुर और वकासुर उभरेगा
तो वह भारत के राम, इंद्र और भीम से ही सुधरेगा।

जितनी भी जन्म ले रही है समस्या
भगीरथ की तो तभी पूरी होगी तपस्या
जब हिंसा का होगा प्रयाण
तभी हो सकेगा जन-कल्याण
आज जब पुरानी विध्वंसकारी शक्तियाँ उभरी हैं
राक्षस नर-वानर के राज्य में वृद्धि हुई है
तब देवताओं को भी अधिक पीड़ा हुई है

जाग जाओ तैयार हो जाओ भारतवासी
तुममें ही राम-कृष्ण भीम-लक्ष्मण और हैं भगीरथ
जल्द ही शुरू होगी एक दूसरी जंग
पुनः बजनी शुरू होगी
सत्य-अहिंसा-प्रेम की मृदंग।

□

थोड़ा सा सहारा

पुराने मार्ग पर जो अब तक चलते आए हो
अपना लो एक बार फिर से उसी को जरा
रोते-कलपते ऐतिहासिक पृष्ठों के अक्षरों को
दे दो आज तुम सहारा जरा।

मँझधारों से जो आज जूझ रहे
पहना दो तुम उन्हें जामा जरा
उनके संघर्ष से हो चुके जो विखंडित हृदय
दे दो आज तुम सहारा जरा!

अब तक जो हैं रह रहे स्वप्न लोक में
थमा दो उनके कर में वास्तविकता का झंडा हरा
उनके बनते-टूटते-ढहते शीशमहलों को
दे दो आज तुम सहारा जरा!

मानवता आज अपनी अंतिम साँस ले रही अब
कम-से-कम उसका तो उठा दो किनारा जरा!

□

रुपए पर टिका जीवन

रुपए के सहारे चलता
आज का जन-जीवन
रुपए की आधारशिला पर
सुख की इमारतों की नींव
रुपए ही बदल देते
जन के जीने की तहजीब।

रुपए के बीच वैभव
ऐश्वर्य, सम्मान, प्रतिष्ठा,
रुपए का लोभ ही पैदा करता
दो प्राणों के बीच शत्रुता, कुंडा
एकमात्र रुपया, रंगबाजों का शहंशाह
रुपए के बल पर फूल जीवन में
रुपयाविहीन जीवन में बसती है आह।

ये रुपए पर टिका
मानव का जन-जीवन
खुदकुशी से लेकर देश तक
देश से ऊपर विश्व पर
छाप छोड़ने वाला सब पर
एकमात्र रुपया।

जीवन भर रुपए के इशारे पर,
नाचता आज का मानव,
जनकल्याण, परोपकार से लेकर,
चोरी, हत्या, आगजनी तक,
करवाता एक मात्र रुपया,
जीवों को नचाता है, जो
मानव इसको मृत्यु पश्चात्,
यहीं छोड़ जाता सदा के लिए।

□

भूल गया

सीखा था अरण्यप्रदेश के वासी से
मानव ने पैरों पर दौड़ लगाना
जब देखे आसमां में ठनकते बादल
तब सीखा मन में भी विचार दौड़ाना

पर आज का यह आलसी और भुलक्कड़ मानव
भूल गया अपना वह सबकुछ करना और कराना
आज सिखा दिया खुद मनुष्य ने औरों को
हर जगह दौड़ लगाना

लोहा भी सीख गया इससे
सड़कों पर दौड़ लगाना
बना दिए प्लास्टिक खिलौने
सिखा दिया उन्हें भी दौड़ लगाना
पर खुद भूल गया वह धरती पर दौड़ लगाना
सिखा दिया इसने निर्जीव को
पक्षी की तरह उड़ान भरना
सिखा दिया धातु के पुतले को
मानव की तरह कार्य करना
पर खुद बनकर कोढ़ सा
पड़ गया धरती पर

भूल गया वह पुराना जमाना।

अब तो सीख लिया मशीनों ने
मानव की प्रत्येक कठिनाई सुलझाना
बड़ा से बड़ा काम क्षण भर में करना
एक दिमाग की तरह विषयों को याद करना
पर भूल गया मानव विषयों को याद करना
अब तो मन में हलचलें दौड़ती हैं
नयनों में बैचेनी दौड़ती है
दिन-रात बुद्धिवाद से प्रताड़ित
गलियाँ, सवारी और सड़कें दौड़ती हैं।

□

न जाने किस गली में आ गया आज

जीवन में सुंदर सपना था
सबकुछ तो मेरा अपना था
साज बाजे और मृदंग
सबका है अपना-अपना ढंग
मेरी जिंदगी में भी है एक ताज
न जाने किस गली में आ गया आज।

जीवन के सुंदर सपने को सच बनाने
अधूरी आकांक्षा को पूरी करने
बढ़ चले कदम उस पथ पर
जाते राही चढ़कर जिस पथ के रथ पर
लक्ष्य है यहाँ से कहीं दूर-दराज
न जाने किस गली में आ गया आज॥

आत्मविश्वास को पुष्टता देने
दबे मन को स्वतंत्रता देने
शांति के पुण्य पथ पर
चढ़कर सद्भावना के रथ पर
चल दिया पूरा करने जीवन का काज
न जाने किस गली में आ गया आज!

प्रगति के पथ पर बढ़ते-बढ़ते
ऊँचे लक्ष्य की ओर चढ़ते-चढ़ते
पहुँचा प्रथम मंजिल के पास
मत हो मेरे मन उदास
अपनी भी जिंदगी में बजेगा कभी साज
न जाने किस गली में आ गया आज!

सोचा था एक बार वहाँ पहुँच जाऊँ
फिर निर्धारित कार्यक्रम में जुट जाऊँ
पर यहाँ से तो आगे भी रास्ता है
आराम से आखिर मानव जीवन का क्या वास्ता है
नहीं खत्म हो सका संघर्षों का कामकाज
न जाने किस गली में आ गया आज॥

□

ABC
STU

अँग्रेजी का भूत

आज समूचे हिंद को
अँग्रेजी के भूत ने पकड़ लिया है
कहता है अब छोड़ो जय श्रीराम और हनुमान
अब कहो केवल 'ट्विंकल-ट्विंकल' लिट्लि महान
नहीं तो ले लूँगा आधी रात को जान।

मैं हूँ आज बड़ा बलवान
तुम्हें नहीं हैं मेरी शक्ति का ज्ञान
तुम्हारी हिंदी जैसी कितनी भाषाओं को
पकड़कर मैंने बंदी बना लिया
फिर उसके चूल्हे पर अपनी रोटी सेंक ली
आज तुम्हारी हिंदी की तरह
कितनी भाषाएँ कराह रही हैं
मैंने चाट डाला सबको
मर जाओ, जरूरत नहीं तुम लोगों की संसार को
मैं अकेला ही एकसूत्र में बाँध दूँगा संसार को॥

मैं आज घर, बाजार, खेत-खलिहान
स्कूलों, ऑफिसों,
पत्रों-पत्रिकाओं और पुस्तकों में भी
सरकारी दफ्तरों के कागजातों में बसता हूँ और

तुम्हारे हिंदी कार्यालयों का भी गला दबा सकता हूँ।

दूसरों की तो बात ही छोड़ो
हिंदी के दिली प्रेमियों से मिलकर
मैं तो टेबुल, और स्टेशन बन गया हूँ
प्रतियोगिताओं में भी विशेष सम्मान पाता हूँ
सभा-सम्मेलन भाषणों में भी गुलछर्रे उड़ाता हूँ
मैं हिंदी का भूत नहीं जो
झाड़-फूँक, मंत्र और यज्ञ से भाग जाऊँ
मैं तो अँग्रेजी का भूत हूँ,
हिंदुस्तान नहीं, इंडिया का दूत हूँ।

□

राह दिखाना तू ईश्वर

हम अबोध चल पड़े इधर
राह दिखाना तू ईश्वर!

जानता हूँ कंटकों और शूलों से
यह पथ बना हुआ है

जानता हूँ चीखों और चीत्कारों से
यह पथ भरा हुआ है

पर न जाने क्यों कदम
बढ़ते जा रहे इस पथ पर
राह दिखाना तू ईश्वर!

सैकड़ों वर्षों बाद आज फिर
मानवता होश में आ रही है
इन अँधेरों में पड़े मानव को
रोशनी देने जा रही है
इसी मानवता का जोश भर
चल पड़े पाँव मेरे इस पथ पर
राह दिखाना तू ईश्वर!

आज न्याय की तराजू
संतुलित हुई जान पड़ती है
आज फिर लेखकों की लेखनी में
कुछ सच्चाई जान पड़ती है
इन्हीं लेखकों के सच पर
मेरी लेखनी चल रही सच पर
राह दिखाना तू ईश्वर!

जिस मानवता को
बदल गई मानवता की
संज्ञा दी जा रही थी
उसी मानवता को बदल देने
सब आज एकजुट हो रहे हैं
चल पड़ी है मानवता एक बार फिर
इम्तिहान के उस पथ पर
राह दिखाना तू ईश्वर
मैं अबोध भी चल पड़ा
चल पड़ा इधर
राह दिखाना तू ईश्वर!

□

भीड़ में अकेलापन

वह व्यक्ति
पेशे से एक मध्यम वर्ग का किसान
परिवार में अकेला कृषि कार्य करने वाला
पाँच बच्चे हैं, सभी पढ़ते हैं, प्रथम वर्ग से दशम् तक
बूढ़े माँ-बाप और एक पत्नी, सबके सब आश्रित
अकेला दिन-रात एक करने वाला, भिड़ जाता कृषि से
खेतों को जोतना, बीज बोना, सिंचाई, कटाई
देखभाल, पशुओं का खाना-पानी, बाजार का काम
बाहर रहकर पढ़ने वाले बच्चे का खर्च पहुँचाना।

आह बेचारा!
एक चींटी पर हाथी का बोझ
कैसे सहन कर पाता है?
कोई दुःख-दर्द बाँटने वाला नहीं,
पत्नी में आधुनिकता की छाप
माँ-बाप बिछावन के रखवाले मात्र
बिल्कुल एक भैंसा सदृश, जो पागलपन लिये
भिड़ा देता सींग उस विशाल पेड़ से
रात भर अनर्थ परिश्रम, कोई सुख नहीं।

वाह रे!
गजब की हिम्मत भर दी रचनाकार ने
उस माटी की मूर्ति में
जो इतने ढेर सारी मूर्तियों से घिरा हुआ,
परंतु, फिर भी सदा अकेला, बिना बाह्य मदद के
पता नहीं जीवन होता है, उस अकेलेपन में
अथवा जीया जा रहा वह खुद अकेलेपन के द्वारा
पर जैसे उसकी पीठ पर चिपका हुआ हो
भीड़ में अकेलेपन का एहसास।

□

ध्रुवीय दौड़

इस ध्रुवीय दौड़ में
ध्रुवों की तरफ दौड़ते जन
जिस माटी पर जन्म लिये
पले–बढ़े और पुष्पित हुए,
वही पतंगे अब उड़ रहे अंबर की ओर
ऊँचाइयाँ प्राप्त करने
अपना सौरभ
बटोरने और बिखेरने
इस ध्रुवीय दौड़ में भाग लेने
और पहुँचने ध्रुवीय शक्ति के पास
अपनी माटी का खून पीकर, हो गए वे लाल और
अब चले लालिमा बिखेरने उस दिनकर की तरह
पूरब से पश्चिम की तरफ
केवल स्वहित से जुड़े
दो पल के जीवन में दो पल के सुख हेतु
देने सौरभ उसको जो खुद कि सुरभित हो जग
वाह रे आर्यपुत्र!
आर्यावर्त्त के निवासी!!
एक मुर्गे के फेर में
ध्रुव की ओर चल पड़े
अपनी दूध–सी पवित्रता

को नकार कर
जन्म लेकर अपने बीच से
चल दिए कहलाने
उस वर्ग के बीच का
जो अपना नहीं है
मैं तो कहता तुम उस बाग के
बागी हो
केवल आधुनिकता की छाप पर
ले रहे हो भाग
इस ध्रुवीय दौड़ में।

□

बिहार-पंजाब-हरियाणा-दिल्ली

जरा पूछो उन पंजाब–हरियाणा
दिल्ली जाने वालों से
पंजाब–हरियाणा दिल्ली जाकर
क्यों बिहार का नाम नीचा करते हो ?

उत्तर मिलेंगे कुछ भीगे स्वर में
अपनी और अपनी संतानों की भूख शांत करने
पेट की आग बुझाने हेतु
सब लोग कुछ न कुछ तो करते हैं

जानवर से लेकर मानव तक भी
कई जीवों को मारकर अपनी भूख मिटाते हैं
खा–पीकर पुष्ट पहलवान भी
अपनी शक्ति दूसरों से आजमाते हैं

वो विकास का रास्ता विज्ञान भी
ईंधन, निज जल, वायु सबकुछ खा जाता हैं
वो मानव से बन गया हैवान भी
भूख मिटाने के लिए मानवता को खा जाता है।
तो भला, मैं क्यों भूखा मर जाऊँ
भूख मिटाने ही तो जहाँ जगह मिलती जाता हूँ

वहाँ से कुछ खून-पसीना बचाकर
यहाँ अपने बाल-बच्चे को खिलाता हूँ
गजब बात है भाई जो सुखाते जा रहे समुद्र
उसकी ओर नजर उठाकर भी नहीं देखते हो
जो प्यास बुझाते चाटकर शबनम की बूँद
उसे जल चुराना कहकर बदनाम करते हो
जो बाहर जाकर भी पसीना बहाकर चाटते धूल
उस बिहार नाम की हँसी करवाना कहते हो
एक ही मातृभूमि को बिहार, पंजाब, हरियाणा, दिल्ली कहकर
इस आधे हृदय के भी टुकड़े करवाना चाहते हो।

□

मानव और आयुध

ओ आयुधों के हिमालय!
छोड़ दिया पीछे मानव को तूने
एक बार में अरबों अणु
इधर मानव खड़े-खड़े हो जाते खत्म
जीव पर निर्जीव का दबदबा
नीरस आकर्षण (मृत्यु के प्रति)
फलते-फूलते बाग से श्मशान की ओर
कब्रिस्तान खोदते ये शस्त्र भंडार

जब होगी जंग सजीव, निर्जीव में
एक कण इनके करोड़ों प्राण सोखेंगे
निर्जीव साम्राज्य (मृत्यु) का द्वार खोलेंगे
मानव की अवहेलना करता अंधा मानव
मानव जाति का आदि बीज नष्ट कर रहा
विवेकशील अब विवेकशून्य हो
धरती को बार-बार घाव दे रहा।

□

दो नावों पर जिंदगी

मैं अभी तक इस नाव को
खेता रहा इस अँधेरी डगर पर
आलोक की ओर
एक शरीर, एक मनोमस्तिष्क, एक हृदय

मैं एक और मेरी यह एक नाव और एक डगर
एकटक, ध्यान से, मैं जाता रहा
एक मात्र मेरा प्रेम एक नाव के प्रति
और एक नाव का प्रेम एक मात्र मुझे मिलता रहा
पर आज तुम दूसरी नाव लाकर पथ में
क्यों मुझे डगमगा रहे हो!
दोनों नाव पर टाँग रखकर जीने हेतु
मुझे क्यों बाध्य कर रहे हो?

ये दो नाव पर जिंदगी
और दोनों विपरीत
दिशा की नाव,
क्या संभव हो सकेगा
यदि यह संभव भी होता है तो
क्या मैं आलोक सिद्धि पा सकूँगा?
मत खींच मुझे विपरीत नाव पर

मत बाध्य कर मुझको—
'दो नाव पर जिंदगी' जीने हेतु
मत बाँटों मेरे ध्यान और प्यार को
जाने दो एक डगर पर,
एक नाव पर मुझे
एक अटूट प्रेम से, निर्विघ्न
मैं समर्पित हो चुका इस एक नाव पर
सर्वस्व समर्पित कर चुका
कुछ भी नहीं बचा पास मेरे
जो दे सकूँ दूसरी नाव को
और बाध्य हो सकूँ मैं—
दो नाव पर जिंदगी जीने को।

□□□